Alistuva Vaimo

Erika Sanders
Sarja
Dominointi ja eroottinen alistuminen

# Synopsis

Rachel ja Roger ovat tavallinen pari, joka on ollut naimisissa kaksikymmentä vuotta.

Heidän lapsensa ovat jo yliopistossa, joten he asuvat yksin kotona.

Mutta aviomies ei ole tyytyväinen heidän seksuaalisuhteisiinsa, hän pitää niitä tylsinä, joten hän päättää, että heidän tulisi kysyä neuvoa aivan tietyltä avioliittoneuvojalta.

Kuka on tämä avioliittoneuvoja, jota Roger suosittelee erityisesti vaimolleen parantamaan... seksuaalista tekniikkaansa?

**Alistuva Vaimo** on romaani, jossa on vahva eroottinen BDSM-sisältö ja puolestaan Erotic Domination -kokoelmaan kuuluva uusi romaani, sarja romaaneja, joissa on korkea romanttinen ja eroottinen BDSM-sisältö.

(Kaikki hahmot ovat vähintään 18-vuotiaita)

# Huomautus kirjoittajasta:

Erika Sanders on kansainvälisesti tunnettu, yli kahdellekymmenelle kielelle käännetty kirjailija, joka allekirjoittaa eroottisimmat kirjoituksensa, kaukana tavallisesta proosastaan, tyttönimellään.

# Indeksi

# ALISTUVA VAIMO
# ERIKA SANDERS

# OSA ENSIMMÄINEN:
## 20 vuotta avioliittoa

# LUKU 1

Se oli toinen lempeän seksin yö.

Mutta kumpikaan ei valittanut.

20 vuoden avioliiton jälkeen seksistä oli tullut enemmän rutiinia kuin mistään muusta.

Rachel meni takaisin sänkyyn pestyään jalkojensa välissä.

Hän sammutti valot, meni peiton alle ja makasi miehensä viereen.

"Se oli ihanaa", hän sanoi.

"Se oli", Roger vastasi. "Hieman paremmin sen jälkeen, kun kaverit ovat menossa yliopistoon, eikö niin?"

Hän tönäisi häntä kyynärpäällään.

"Mikä kauhea asia sinä sanot."

"Mutta sinun täytyy myöntää, on hyvä, ettei meidän tarvitse enää olla hiljaa. Ja voimme jättää oven auki."

Rachel mietti hetken.

"Luulen niin. Mutta silti, kaipaan heitä niin paljon."

"Minä myös."

Hän sulki silmänsä.

"Hyvää yötä."

"Hyvää yötä, kulta", hän vastasi ja suuteli häntä otsalle.

# LUKU 2

Seuraava päivä oli Rachelille tyypillinen työpäivä.

Hän oli kirjanpitäjä keskitason tilitoimistossa.

Keskustan viimeaikaisen talouskasvun myötä hänellä oli paljon tehtävää uusien asiakkaiden eteen.

Lounaalla hän söi saman naisryhmän kanssa, jonka kanssa hän oli syönyt muutaman viime vuoden ajan.

He keskustelivat tavallisista aiheistaan: juoruista, viihdeuutisista, perheestä, heidän lapsistaan, uusista resepteistä jne.

He olivat kaikki parhaita ystäviä ja nauttivat aina toistensa seurasta.

Kello oli melkein kuusi illalla, kun Rachel tuli kotiin.

Rogerin auto oli jo ajotiellä.

Kun hän astui taloon, oli erityisen hiljaista.

Rogerilla oli tapana sanoa nopeasti "hei".

Hän soitti hänelle, mutta ei saanut vastausta.

Kun Rachel tuli keittiöön, hänen vartalonsa ympärille kietoutui kädet takaapäin.

Kädet koskettivat hänen rintaansa irstailevasti.

Hän huusi ääneen.

"Hyvä on!" hän sanoi vapauttaen hänet. "Se olen minä! Se olen minä!"

Hän kääntyi nopeasti ympäri nähdäkseen hämmästyneen ilmeen Rogerin kasvoilla.

Hän ei selvästikään odottanut vaimonsa reagoivan tällä tavalla.

"Jumala! Roger! Älä enää koskaan pelottele minua sillä tavalla!"

"Halusin yllättää sinut".

"Miten se oli yllätys?" hän oli raivoissaan. "Sä pelottit minua päivänvalossa. Luulin, että minua hyökätään!"

"Anteeksi. Yritin vain olla romanttinen."

"Ei siinä kosketuksessa ole mitään romanttista."

"Anteeksi. En tee sitä enää."

Rachel rauhoittui hetken.

"En tarkoittanut suuttua. Ole hyvä ja ota hieman enemmän huomioon yllätyksiäsi, okei?"

"Meillä ei ole koskaan enää hauskaa. Oletko huomannut?"

"Ole kiltti Roger, en ole tällä hetkellä tällä tuulella."

"Okei", hän myöntyi voitettuna.

Rachel kääntyi ympäri ja meni makuuhuoneeseen vaihtamaan vaatteensa.

Hän nousi istumaan sängyssä ja huokaisi.

# LUKU 3

Seuraava päivä.

Rachel oli tietokoneen ääressä tekemässä kirjanpitotyötään.

Hänen puhelimensa soi.

Se oli hänen miehensä.

Hän vastasi puheluun, ja kun Roger kertoi hänelle, että se oli tärkeää, hän käski odottaa hetken, kun hän meni ulos saadakseen lisää yksityisyyttä.

Hän ihmetteli, mistä puhelussa voisi olla kyse.

Roger soitti harvoin ollessaan töissä.

Hän luuli, että se ei voinut johtua heidän eilisestä tappeleestaan, koska hän oli ratkaissut sen jo sinä iltana.

"Joo?" Hän sanoi ollessaan ulkona, kaukana muista työtovereista.

"Lähdetään matkalle ensi viikolla", hän vastasi tylysti. "On rauhallinen paikka, johon voimme mennä lähellä rannikkoa."

"En todellakaan voi. Työni on tällä hetkellä niin kiireistä."

"Minunkin on tällainen. Mutta voimme tehdä tilaa. Voimme mennä ensi perjantaina ja jäädä viikonlopuksi. Ota vain vapaapäivä töistä."

"Mutta tähän ei ole tarvetta", hän vastasi yrittäen järkeillä hänen kanssaan. "En ole vihainen sinulle. Emmekö me olleet selvittäneet sitä eilen illalla?"

"Tämä ei koske eilisеä, vaan avioliittoamme."

Nuo sanat lähettivät täydellisen shokin pitkin koko selkärankaa Rachelin jalkoihin.

Hän oli aina olettanut, että heidän avioliittonsa oli vahva ja että hän antoi Rogerille kaiken, mitä hän oli koskaan halunnut vaimosta.

"Onko avioliittomme vaikeuksissa?" hän kysyi.

"Älä puhu noin. Mutta on olemassa tapa tehdä avioliitostamme... parempi..."

Toinen signaali meni hänen selkärankaa pitkin.

"Mistä tässä matkassa on kyse?"

"Luulen, että joku voi auttaa meitä."

"Avioliittoneuvojana?" hän kysyi hämmästyneenä.

Hän pysähtyi hetkeksi.


"Joo. Jotain sellaista. Avioliittoneuvoja."

"Eihän meillä niin huonosti mene, eihän? Ajattelin... luulin..."

Rachelin ääni tukahtui ja hänen silmänsä alkoivat vetistä.

"Meillä ei mene ollenkaan huonosti", hän vastasi yrittäen rauhoittaa häntä. "Mutta uskon, että voimme parantaa. Tätä olen ajatellut jo jonkin aikaa."

"Hyvä. Jos luulet sen olevan parasta."

"Kiitos kulta. Anteeksi, että soitin sinulle töissä. Se on viime hetken juttu. Hänellä oli viime hetken avaus aikataulussaan ja hän halusi hyödyntää sitä."

Rachel kohotti kulmakarvojaan.

"Hän? Onko neuvonantaja nainen?"

"Joo."

"Mitä sinä tiedät tästä henkilöstä? Miksi meidän täytyy matkustaa niin kauas hänen puolestaan?"

"Selitän myöhemmin. Mutta hänellä on ainutlaatuinen maine. Ja uskon, että hän tekee meille ihmeitä."

"Jos sitä haluat, niin hyvä on."

"Olen iloinen, että olet avoin tälle. Keskustelemme yksityiskohdista tänä iltana."

"Okei, hei ."

"Hei hei."

Puhelu päättyi ja Rachel hämmästyi puhelin kädessään.

Häneen oli pudonnut pommi, mutta hän tajusi, että tekisi kaikkensa pitääkseen avioliittonsa vahvana.

# LUKU 4

Useita päiviä myöhemmin.

Rachel seisoi huoneessa taittaen vaatteita seuraavaa matkaa varten.

Hän tiesi, että sää tulee olemaan kuuma, joten hän pakkasi t-paidat, shortsit, sandaalit ja uimapuvut, jotka Roger käski hänen tuoda, koska ne olisivat lähellä rantaa.

Hän ei halunnut lähteä, ei vain siksi, että idea maksaisi heille tuhansia dollareita, vaan koska hänen täytyi viettää paljon aikaa töissä , ja tämä kadonnut päivä olisi päivä, jonka hän joutuisi korvaamaan. .

Mutta jos tämä oli parasta heidän avioliitolleen, hän ei halunnut riidellä siitä.

Häntä vaivasi eniten se, että Roger oli epätavallisen lyhyt ja epämääräinen avioliittoneuvonnasta.

Kaikkien avioliittovuosiensa aikana he olivat aina olleet avoimia kaikesta.

Ei ole koskaan ollut salaisuuksia.

Valheita ei koskaan ollut.

Siksi heidän avioliittonsa oli niin onnistunut.

Tähän asti...

Hän vietti paljon aikaa miettien, miksi Roger halusi tavata neuvonantajaa.

Mitä vikaa avioliitossamme on?

Luulin, että kaikki oli hyvin.

Luulin, että kaikki oli täydellistä välillämme.

Onko se seksi?

Enkö ole enää tarpeeksi hyvä?

Haluatko jonkun muun?

Onko hänellä suhde?!

Matkalaukku oli melkein täynnä.

Jäljelle jäi vain uimapuku.

Hänen kaapissaan oli vanha pari.

Että hän ei ollut käyttänyt vuosiin.

Hän riisui peilin edessä.

Hän katsoi hänen alastomia vartaloaan.

Hänen kasvojensa haaleat juovat olivat kasvaneet.

Hänen aiemmin hyvin pirteät rinnansa olivat alkaneet roikkua.

Hänen lantionsa paksuutuivat aerobisista harjoituksista huolimatta.

Ei todellakaan ole ihme, että Roger haluaa tavata neuvonantajan.

Hän puki uimapuvunsa ja poseerasi sen kanssa peilin edessä.

Tämä miellyttää sinua.

Sillä hetkellä Roger tuli ulos kotitoimistostaan ja lähestyi Rachelia rypistettynä.

"Mitä tapahtuu?" hän kysyi vielä uimapuvussaan.

"Pidin juuri puhelimesta pomoni kanssa. Eräs asiakkaistamme sai juuri usean miljoonan dollarin oikeusjutun. En voi enää mennä tälle matkalle."

Hän kohtasi hänen silmänsä ja tiesi, että Roger puhui totta.

Toivon säde kulki Rachelin mielessä.

Hän oli iloinen, että matka todennäköisesti peruuntui.

"Se on harmi", hän vastasi. "Tarkoittaako tämä, että matka on peruttu?"

"Ei ole mitään järkeä peruuttaa koko matkaa, koska olen jo maksanut lennot ja neuvontajärjestelyt. Kannattaa mennä yksin."

Hän oli yllättynyt.

"Haluatko minun tapaavan avioliittoneuvojan yksin? Mitä järkeä siinä on?"

huokaus.

"Rachel, rakastan sinua niin paljon. Rakastan sinua yli kaiken. Olet elämäni rakkaus."

"Voi luoja, sinulla on suhde. Etkö olekin? Siellä on joku muu, eikö?"

"Ei, se ei ole mitään sellaista", hän sanoi painokkaasti. "En koskaan pettäisi sinua. En ole koskaan pettänyt, enkä koskaan aio pettää."

"Mitä sitten tapahtuu? Viime päivinä olet ollut hyvin välttelevä tämän matkan suhteen. Et ole koskaan ollut näin pidättyväinen ennen."

Hän huokaisi uudelleen ja pudisti päätään.

"Olen pahoillani. En ole ollut täysin rehellinen sinulle. Luulen, etten ole niin rohkea kuin luulin."

"Kerro minulle, mikä se on?"

"Luotatko minuun?"

"Tietenkin pidän. Jos sinulla on suhde, kerro minulle. Voimme selvittää sen."

"Minulla ei ole suhdetta, Rachel. Mutta mielestäni avioliitossamme täytyy tapahtua muutoksia."

"Enkö ole enää tarpeeksi hyvä?" hän kysyi.

"Lopeta tuollaisten sanominen. Olet vaimoni. Rakastan sinua yli kaiken."

"Miksi et sitten ole rehellinen minulle?" vaati.

Hän pudisti päätään.

"Yritän olla rehellinen. Mutta en voi. Tämä ei ole helppoa. Luota minuun, toivon, että kaikki olisi helppoa."

"En ymmärrä sinua enää, Roger."

Hänen kasvoilleen ilmestyi suru.

"Voitko luvata minulle, että menet silti? Tiedän, että on vaikea mennä näin, mutta en kysyisi, ellei usko, että se voi auttaa pelastamaan avioliittomme."

"Luuletko, että meidän avioliittomme on pelastettava?" hän kysyi kyyneleet silmissään.

"Älä tee tästä vaikeampaa, Rachel. Voitko luvata, että menet yksin? Haluan sinun tapaavan neuvonantajan ja kuulevan, mitä hänellä on sanottavaa. Kuuntele vain, ja jos et pidä siitä, niin sitten tule kotiin . Pyydän, pyydän sinua".

Kyyneleet valuivat jo hänen kasvoillaan.

Rachel hukkui niihin ja pystyi tuskin puhumaan.

Sitten hän kietoi kätensä miehensä ympärille ja antoi hänelle suuren tukahduttavan halauksen.

Hän ei aikonut menettää avioliittoaan, joten hinnasta riippumatta.

# OSA TOINEN:
## Lady Samantha ja vaimo

# LUKU 5

Rachel näki hyvin pukeutuneen miehen lähtiessään lentokentän terminaalista matkatavaroidensa kanssa.

Miehellä oli kyltti, jossa oli hänen nimensä.

He puhuivat ja vahvistivat molempien henkilöllisyyden.

Hän nousi luksusautoonsa 30 minuutin ajomatkan ajaksi, kunnes he saavuttivat määränpäähänsä.

Hän odotti saapuvansa toimistorakennukseen.

Mutta hän oli yllättynyt nähdessään, että määränpää oli itse asiassa iso talo lähellä rantaa, joka näytti enemmän kartanolta.

Paikan omistaja oli erittäin rikas henkilö.

Ja omistaja ei todellakaan ollut keskimääräinen avioliittoneuvojasi.

Auto pysähtyi ajotielle.

Kuljettaja meni tavaratilaan hakemaan matkatavarat.

Sillä hetkellä rantakartanon etuovi avautui ja sieltä astui pitkä, patsas nainen.

Hän näytti upealta, kolmekymppisenä, pitkillä aaltoilevilla hiuksilla ja mallinvartalolla.

"Sinun täytyy olla Rachel", nainen hymyili. "Olen kuullut sinusta upeita asioita."

"Se olen minä. Ja sinä olet?"

"Samantha. Tervetuloa kotiini."

Kaksi naista kätteli sydämellisesti.

"Mikä kaunis paikka. En todellakaan odottanut mitään tällaista."

"Useimmat ihmiset eivät. Harmi, että miehesi ei voinut tulla."

"Tunnetko mieheni?" Rachel kysyi.

"Matkustan paljon isäni kanssa työasioissa ja olen nähnyt miehesi useita kertoja. Mutta voimme puhua siitä lisää myöhemmin. Olen varma, että olet uupunut. Anna minun näyttää sinulle ensin huoneesi."

Samantha johdatti Rachelin ja kuljettajan ylös suuren kartanon portaita pitkin vierashuoneeseen.

Kuljettaja laittoi matkatavarat makuuhuoneeseen ja lähti sitten.

Rachel oli jatkuvasti ihmeissään katsellessaan kartanoa.

Hän ei voinut arvata, kuinka paljon se kaikki olisi arvokasta.

"Annan sinun käydä suihkussa ja levätä", Samantha sanoi. "Pyyhkeet ovat samassa kylpyhuoneessa. Tule rannalle kuuden aikoihin illalla. Katsotaan yhdessä auringonlaskua ja juodaan tuoretta hedelmämehua."

"Kuulostaa herkulliselta".

Samantha hymyili.

"Nähdään silloin".

# LUKU 6

Rachel kävi kylmässä suihkussa ja rentoutui.

Talon vierashuone oli parempi kuin mikään huone missään hienossa hotellissa, jossa hän oli koskaan yöpynyt.

Kaikki oli puhdasta luksusta ja laatua.

Hän ihmetteli, mitä Roger oli suunnitellut.

* * *

Kello kuusi saapui ja Rachel tuli alakertaan pukeutuneena rennosti kuuman sään vuoksi.

Hän meni ulos rannalle ja huomasi, että näkymä oli kaunis.

Hän oli unohtanut, kuinka kaunis valtameri voi olla, varsinkin auringonlaskun aikaan.

Hän näki Samanthan seisovan siellä ihaillen merinäkymää.

"Olet niin onnekas, että voit nauttia tästä joka päivä", Rachel sanoi.

"Todellakin."

"No mitä sinä oikein teet täällä?"

"Mitä Roger sanoi sinulle?"

"Ei paljoa, valitettavasti. Vain se, että olet jonkinlainen avioliittoneuvoja. Mutta ulkonäön perusteella en ole aivan varma, onko asia enää niin."

"Teen erilaisia asioita", Samantha vastasi. "Teen kiinteistö- ja kehitystyötä isäni puolesta. Mutta teen myös palveluksia ihmisille . Palveluita, joiden tarjoamisesta todella nautin."

"Mitä? Avioliittoneuvontaa?"

Samantha hymyili kauniisti.

"Niinkin voi sanoa."

"Miksi kaikki ovat niin epämääräisiä tästä? Onko olemassa salaisuus, jota minun ei pitäisi tietää?"

"Jos haluat tietää totuuden, olen auttanut monia pariskuntia vuosien varrella. En välitä rahasta. Teen sen huvikseni. Nautin auttamisesta."

"Ja miten autat näitä pariskuntia?" Rachel kysyi .

"Miten sinä ajattelet? Mikä on hyvän suhteen perusta?"

"Rakkaus", Rachel vastasi.

"Seksiä", Samantha nyökkäsi. "Autan pariskuntia saamaan seksin toimimaan heille."

Rachel oli järkyttynyt ytimeen myöten, mutta hän ei antanut kasvojensa näyttää sitä.

Hän oli yllättynyt siitä, että hänen kaksikymmentä vuotta vanha rakastava miehensä ajatteli sitä, kun hän kertoi hänelle hänestä.

"Olet siis seksiterapeutti?"

"En todellakaan pidä tarroista", Samantha vastasi. "Mutta tiedän paljon seksistä. Tiedän mistä ihmiset pitävät ja kuinka sitä voidaan parantaa. Se on luonnollinen lahjakkuus, joka minulla on."

"En usko, että tämä sopii minulle. Kiitos ystävällisestä vieraanvaraisuudesta, mutta minun pitäisi mennä. Saavun seuraavalle lennolle kotiin."

"Olet juuri saapunut".

"Tiedän, mutta..."

"Roger varoitti minua, että olisit huolissasi tästä."

"Oletko nukkunut hänen kanssaan?" Rachel kysyi suoraan.

"Ei. Luota minuun, miehesi on uskollinen mies. Katsoin häntä vain kerran ja tiesin, että hänen seksielämästään puuttui vakavasti. Joten kun löysin aikataulustani mahdollisuuden, tein miehellesi tarjouksen."

Rachel siristi silmiään.

"Kyllä, vastineeksi useista tuhansista dollareista mieheni rahoista, eikö niin?"

"Kuten sanoin, raha ei merkitse minulle mitään. Katso ympärilleni, en tarvitse miehesi rahoja. Mutta jos en veloita ihmisiä, minulla on pitkä jono miehiä odottamassa oveni ulkopuolella saadakseni ilmaista palvelua. ""

"No, kiitos vieraanvaraisuudesta. En halua tuhlata aikaasi. Tämä kaikki ei ole minua varten. Lennän seuraavalla saatavilla olevalla lennolla."

Samantha nyökkäsi.

"Se on täysin ymmärrettävää. Voit jäädä tänne niin kauan kuin haluat. Kuljettajani vie sinut milloin haluat. Maksan miehellesi takaisin mahdollisimman pian."

"Kiitos."

"Onnea avioliittoonne", Samantha sanoi ja käänsi huomionsa takaisin laskevaan aurinkoon.

Rachel pysähtyi hetkeksi.

"Mitä sinä tiedät avioliitostani?"

"Miehesi halusi tämän tietystä syystä. Tiedän siis, että seksielämäsi on varmasti uskomattoman tylsää ja yksitoikkoista."

"Avioliitossa on muutakin kuin pelkkä seksi. Rakastamme toisiamme. Olemme mahtavia kumppaneita elämässä."

"Kertokaa se itsellesi", Samantha vastasi. "Miehesi tuntee ilmeisesti jotain puuttuvan suhteestanne. Mutta jos kaikki on mielestäsi täydellistä, voit kävellä pois."

Rachel piti toisen pitkän tauon.

"Jos jään tänne, tarkoitan muutaman seuraavan päivän ajan, mitä tapahtuu? Mitä minä teen täällä?"

"Jos jäät, opetan sinulle dominoinnin ja alistumisen ilot. Se on erikoisalani. Rogerin kaltaisen henkilön täytyy tuntea olevansa mies suhteessa. Voin opettaa sinulle kuinka palvella häntä oikein."

"Se kuulostaa vähän karkealta."

"Seksi on raakaa. Mutta se on myös kaunista. Milloin viimeksi sait hämmästyttävän orgasmin? Sellaisen, joka jättää lätäkön jalkojesi väliin."

"En muista", Rachel vastasi. "Vuotta. Ehkä enemmän."

"Köyhä. Mutta voin korjata sen. Vanhemmat naiset, erityisesti vaimot, ovat erikoisuuteni."

"Emme aio... tiedätkö..."

"Teemme. Teemme kaiken yhdessä."

"En voi tehdä sitä", Rachel vastasi. "Se on hullua. En ole koskaan ennen tehnyt mitään toisen naisen kanssa."

"Ajattele tätä oppimiskokemuksena. Lisäksi ei ole hullua, jos miehesi mielestä siitä on hyötyä."

"Olet varmasti erittäin innoissasi tästä koko projektista."

Samantha hymyili.

"Sinunkin pitäisi olla."

"Mitä nyt sitten?"

"Nyt menen takaisin sisälle valmistautumaan päivälliselle. Kokkini tekee jotain herkullista. Jos haluat jäädä, liity kanssani päivälliselle. Jos haluat lähteä, puhu kuljettajalleni."

"Haluan jäädä."

"Illallisen pitäisi olla valmis pian. Tutustumme toisiimme paremmin. Huomenna alkaa todellinen hauskuus."

Samantha välähti toisen vihjeitä sisältävän hymyn.

Sitten hän kääntyi päästäkseen suureen kartanoonsa.

# LUKU 7

Seuraava päivä.

Pieni osa henkilökunnasta tarjosi heille aamiaisen ulkoilmassa.

Kaikesta huolehdittiin kunnolla.

Kaikki ruoka oli juuri valmistettu.

Naiset nauttivat toistensa seurasta aamiaisella.

"Voin todella tottua tähän", Rachel kiusoitti.

Samantha vilkutti hänelle.

"Kuka yleensä tekee ruokaa kotonasi? Luulen, että se olet sinä. Vaikutat erittäin kesyltä naiselta."

"Minua on kasvatettu vanhanaikaisesti. Olen kotoisin pitkästä joukosta kotona oleskelevia naisia."

"Tyypillistä. Sinulla on klassinen konservatiivinen ilme."

"Kuulen sitä paljon", Rachel kohautti olkapäitään. "Mutta hyvästä syystä. Rakastan perheestäni huolehtimista. Rakastan olla heille ihanteellinen äiti ja vaimo."

Samantha nyökkäsi.

"Olen varma, että Roger arvostaa kaikkea mitä teet kotona."

"On", Rachel vastasi. "Olen erittäin onnekas, että minulla on hänet. Useimmat aviomiehet eivät arvosta työtä, jonka heidän vaimonsa tekevät heidän hyväkseen."

"Roger palkitsee sinut? Antaako hän sinun imeä munaansa?"

"Anteeksi?"

" Roger antaa sinun imeä munaansa, kun olet ollut hyvä tyttö?"

Rachel järkyttyi aamiaisella puhutusta röyhkeästä puheesta, etenkin henkilökunnan edessä.

Paljas puhe seksistä oli aina tuntunut hänestä huonosta mausta.

"En usko, että se ei kuulu sinulle", Rachel vastasi.

"Eikö totta? Luulin, että halusit apuani."

"Luulen, mutta..."

"Ole rehellinen . Olemme molemmat aikuisia naisia. Ja henkilökuntani on hyvin huomaamatonta. Yritän vain auttaa sinua."

Rachel huokaisi pienen.

"Teen sen hänelle, vain joskus. En todellakaan pidä sen tekemisestä."

"Mistä seksielämässäsi on Rogerin kanssa? Kiipeääkö hän päällesi, antaa sinulle muutaman heilahduksen ja sitten tulee?"

"Pohjimmiltaan."

Samantha melkein nauroi.

"Se ei ole hienoa seksielämää. Kuulostaa enemmän muodollisuudelta."

"Se toimii meillä."

"Ilmiselvästi ei. Roger haluaa sinut tänne syystä. Inhoan kertoa sinulle uutisia, mutta Roger on kiimainen tavallinen kaveri. Hän rakastaa seksiä. Ja hän rakastaa saada suihin. Mutta hän on liian ujo pyytääkseen nätiltä pieneltä vaimoltaan sitä. suosii ylimääräistä".

"Olet ylimielinen."

Samantha kohotti kulmakarvojaan.

"Olenko minä? Onko Roger koskaan kieltäytynyt seksistä? Näyttääkö hän lukiopojalta joka kerta, kun imet hänen munaa? Tiedätkö, että olen oikeassa. Kaikki miehet ovat samanlaisia seksin suhteen."

"Minua ei kasvatettu sillä tavalla", Rachel sanoi pitkän tauon jälkeen. "Olet luultavasti oikeassa Rogerin suhteen. Mutta en vain tiedä kuinka miellyttää häntä enää."

Samantha napsautti sormiaan, ja joku henkilökunnasta toi esiin seksilelun hopealautasella.

Samantha otti sen ja henkilökunta lähti.

Lihanvärinen seksilelu oli miehen peniksen muotoinen.

"On hämmästyttävää, kuinka realistisia näistä aikuisten leluista on tullut", Samantha sanoi ja piti sitä ihmeissään.

Vaikka he olivat ulkona, Samantha ei näyttänyt välittävän dildoa.

Rachel tunsi olonsa hieman epämukavaksi, vaikka ketään muuta ei ollut lähellä.

"Etkö pelkää, että joku saattaa kävellä ohi ja nähdä sinut sen päällä?" Rachel kysyi.

"Seksilelun omistaminen osavaltiossa on täysin laillista."

Rachel nyökkäsi hätääntyneenä.

"Olet oikeassa."

"Ei ole myöskään mitään väärää sellaisen suutelemisessa."

"Mitä tarkoitat?"

Samantha heilutti dildoa hieman.

"Mene ja anna hänelle pieni suukko."

"Koska?"

"Olen utelias, miltä näytät penis suussasi."

Rachel näytti hermostuneelta, kun Samantha ojensi dildoa, joka osoitti hänen kasvojaan.

Hän ajatteli, että riitely olisi turhaa.

Hän oli vieraana ylellisessä talossa.

Hän tiesi, että olisi epäkohteliasta kieltäytyä pyynnöstä.

Hän kumartui eteenpäin pöydän yli ja suuteli dildon päätä.

"Avaa nyt huulet", Samantha sanoi. "Ota se sisään."

Rachel tunsi olonsa epämukavaksi, mutta teki sen silti.

Hän antoi seksilelun mennä suuhunsa.

Samantha alkoi työntää ja vetää dildoa Rachelin suuhun simuloidakseen suuseksiä.

"Onko siinä kaikki?" Samantha sanoi katsellen tarkasti. "Ime se. Kaikki niin. Kuvittele, että se on Rogerin."

Näiden sanojen kuuleminen sytytti tulen Raakelissa.

Hän imi kovemmin, nopeammin ja kovemmin .

Hän itse asiassa alkoi harjoittaa suuseksiä dildolle.

Ennen kuin Rachel pystyi jatkamaan, Samantha otti dildon suustaan ja Rachel nojasi takaisin istuimelleen.

"Ei paha", Samantha sanoi. "Mutta suihin taitosi voisi olla parannusta. Työskentelemme sen parissa myöhemmin. Luulen, että Roger on erittäin onnellinen, kun tulet kotiin."

"Toivon niin", Rachel punastui.

Samantha hymyili.

"Edessämme on pitkä harjoituspäivä. Syömme aamiaisemme loppuun ja hyödynnämme aikaamme."

He söivät jälleen aamiaisensa.

Rachel katsoi ruokaansa, mutta ajatteli edelleen Samanthan viimeisiä sanoja.

Koulutus? Mitä helvettiä hän tarkoitti sillä?

# LUKU 8

Samanthan makuuhuone koostui suuresta, tilavasta alueesta.

Ja se oli yksinkertainen mutta tyylikäs.

Kalusteet vaikuttivat maalaismaisilta ja kalliilta.

Parveke oli avoin ja sieltä oli täydellinen näkymä merelle.

"Miehesi kertoi minulle kokosi ja mittasi", Samantha sanoi. "Joten menin eteenpäin ja ostin sinulle uuden vaatekaapin."

Keskellä huonetta oli matkalaukku.

Samantha avasi sen paljastaakseen erilaisia vaatteita, joista useimmat olivat melko paljastavia, ja erilaisia alusvaatteita.

Rachel oli hämmästynyt.

"Onko tämä kaikki minua varten?"

"Kaikki tuon matkalaukun sisällä on sinua varten. Olen myös ostanut sinulle uuden meikkisarjan."

"Mikä meikissäni on vialla?"

"Ei mitään, jos olet kirjanpitäjä", Samantha vastasi. "Mutta jos haluat antaa miehellesi jatkuvaa lihasvoimaa, sinun on työskenneltävä hieman kovemmin."

"Roger pitää siitä niin kuin minä pidän siitä."

"Olet erittäin kaunis nainen. Olen varma, että Roger ajattelee, että olet maailman kaunein nainen. Mutta joskus miehet haluavat vain likaisen huoran makuuhuoneeseen. Nämä ovat tosiasiat."

Rachel pysähtyi.

"En ole enää nuori nainen."

"Ikäisesi naisissa ei ole mitään vikaa. Kaikki rakastavat vanhempia naisia. Ihailen vanhempia naisia."

"Mitä me sitten teemme?"

"On hyvä olla oikea, alkeellinen kotiäiti. Mutta on myös hyvä olla silloin tällöin likainen pikku lutka makuuhuoneessa. Sen aion opettaa sinulle."

Rachel hengitti syvään.

"Hyvä. Pidän avoimena, mitä sinulla on sanottavana."

"Hyvä. Riisu nyt."

"Anna anteeksi?"

"Ole alasti. Riisu vaatteesi. Kaikki."

"Koska?"

"Luulin, että sanoitte olevanne avoin", Samantha sanoi kulmakarvoja kohotettuna. "Jos haluat apuani, niin kuuntele mitä minulla on sanottavaa."

Rachelille oli jo selvää, että väittely Samanthan kanssa ei koskaan ollut voittava strategia.

Hän hengitti syvään kerätäkseen rohkeutensa ja riisui epäröivästi vaatteensa, taitti varovasti jokaisen esineen ja asetti sen läheiselle sängylle.

Rachelille oli hieman noloa olla alasti Samanthan edessä, koska hänen ruumiinsa ikääntyi ja Samantha oli hyvin nuori ja hyväkuntoinen.

Mutta Rachel sanoi itselleen, että se oli kuin riisuminen lääkärin edessä.

Samantha oli luultavasti nähnyt paljon hänen ikäisiään alastomia naisia.

Hän on nähnyt kaiken.

Kun tämä matka on ohi, minun ei tarvitse nähdä häntä enää koskaan.

Joten ketä kiinnostaa, jos hän näkee minut alasti?

Hän riisui kaikki vaatteensa ja lopulta Rachel oli täysin alasti paljon nuoremman ja viehättävämmän naisen edessä.

"Erittäin naisellinen ja kaunis", Samantha sanoi hieman vihjailemalla nyökkäillen.

"Niin siis luulet?"

"Kuten sanoin, rakastan vanhempia naisia. Ja rakastan kotiäitejä. Minusta olet erittäin viehättävä."

Rachel kohautti olkiaan.

"Ja mitä seuraavaksi?"

"Seuraa minua."

Samantha johti Rachelin lipastolle.

Rachel istui suuren peilin ja pöydän edessä, joka oli täynnä nimimerkkien kauneustuotteita.

He molemmat katsoivat Rachelin yläosattomaa heijastusta peilistä.

Sitten Samantha pyyhki kostealla lautasliinalla Rachelin meikin pois, kunnes hänen kasvonsa olivat puhtaat.

Rypyt ja ikärajat Rachelin kasvoilla olivat tulleet selvemmiksi.

"Olet niin luonnostaan kaunis, Rachel. Olet niin kaunis."

"Kiitos."

"Mutta emme ole kiinnostuneita kauneudesta juuri nyt", Samantha sanoi. "Pidämme seksistä. Oletko valmis siihen, Rachel?"

"Luulen niin."

"Aloitetaan."

Samantha lähti suoraan töihin ja levitti kosmetiikkaa.

Hän kerrosteli taitavasti poskipunaa, luomiväriä, ripsiväriä, rajausväriä ja kirkkaan punaisen huulipunan.

Sekunti sekunnilta nöyrä kotiäiti katseli hänen ulkonäkönsä muuttuvan.

Kun hän lopetti, Rachel saattoi tuskin tunnistaa itseään.

"Miten?" Samantha kysyi ylpeänä työstään.

"Näyttää... näyttää... mielenkiintoiselta..."

Samantha taputti naisen olkapäitä.

"Sinä totut siihen. Muista vain, tämä on vain sinulle ja Rogerille. Ei kukaan muu."

"Ymmärrän."

"Nyt puetaan sinut päälle, okei?"

Rachel nousi ja seurasi Samanthaa suureen huoneeseen.

Samantha kurottautui matkalaukun sisään ja veti esiin ohuen punaisen viittauksen.

"Kokeile tätä", Samantha sanoi. "Ja katso peiliin."

Rachel katsoi alastomia heijastuksiaan peilistä, kun hän pujahti viittaansa.

Hän oli niukka, laiha ja siro.

Ennen kaikkea se oli puoliksi läpinäkyvä.

Hänen nännensä ja häpykarvojen väri olivat täysin näkyvissä.

"Se on vähän paljastavaa, eikö niin?" Rachel ilmaisi ilmeisen.

"Se on idea. Kun olet kotona, haluan sinun käyttävän tätä Rogerille aina. Se tekee onnellisemman avioliiton."

"Haluatko minun olevan käytännössä alasti koko ajan?"

"Ajattele sitä, väittelikö Roger kanssasi, kun nännesi ovat esillä?"

"Se on varmasti hauska tapa tarkastella asioita", Rachel vastasi nauraen.

Samantha hymyili.

"Olen auttanut monia pariskuntia vuosien varrella. Luota minuun, tiedän mistä puhun."

Kaksi naista hymyili leikkisästi toisilleen, ennen kuin hän kokeili lisää asuja.

# LUKU 9

Myöhemmin samana päivänä.

Rachel oli syvän rentoutuneen tilassa.

Olin kylpylähuoneessa yksin koulutetun hierojan kanssa.

Hänen mielensä ajautui pois, kun hänen selkänsä sai asiantuntevan hieronnan.

Se oli autuutta.

"Olen iloinen, että pidät hauskaa", Samantha sanoi kävellen kylpylään.

"Tämä on taivas."

"Hyvä hieronta on aina taivaallista. Anteeksi, että keskeytin, mutta sain juuri puhelimesta isäni kanssa. Jotain tapahtui."

Rachel nousi istumaan kuunnellakseen uutisia.

Hänen rinnansa näkyivät, mutta hän ei välittänyt.

"Kaikki on hyvin?" hän kysyi.

"Kaikki on hyvin. Mutta isäni viettää tärkeän illallisen useiden liikekumppaneidensa kanssa, ja hän haluaa minun liittävän hänen luokseen. Hän haluaa minun tietävän. Lisäksi olen erinomainen vieraiden viihdyttämisessä."

"Minun pitäisi mennä?" Rachel kysyi salaa peläten pahinta.

"Ei, ei. Mutta en ole varma, mihin aikaan tulen takaisin, joten asettukaa mukavaan paikkaan. Olen jo ohjeistanut henkilökuntaa valmistamaan sinulle mukavan illallisen. Tee sen jälkeen mitä haluat. kirjoja, elokuvia, musiikkia, mitä haluat. Henkilökuntani auttaa sinua kaikessa mitä tarvitset."

"Kiitos, olet erittäin ystävällinen."

Samantha kohotti kulmakarvojaan.

"Jos haluat jotain hieman provosoivampaa, kokeile DVD-kokoelmaa huoneessani. Kuka tietää, saatat nähdä jotain mistä pidät."

"Pidän sen mielessäni", Rachel vastasi epävarmana kuinka vihjeitä tulkita.

"Pidä hauskaa. Yritän palata pian."

"Sinulla on hyvä yö."

Samantha hymyili ilkikurisesti ja lähti.

# LUKU 10

Samana yönä.

Ylellinen kartano näytti hieman tylsältä ilman omistajaa.

Aikaisen illallisen jälkeen Rachel katseli auringonlaskua ja tutustui taloon vielä kerran.

Hän katsoi, mitä hänellä oli kotiteatteri- ja musiikkikokoelmaansa varten, mutta mikään ei kiinnostanut häntä paljon.

Nyt hän katsoi televisiota olohuoneessa.

Uutiset olivat ainoa asia, joka kiinnosti häntä.

Hän ihmetteli, kuinka Roger voi.

Hän mietti, ikävöikö Roger häntä.

Tylsyys saapui.

Kello oli yksitoista yöllä ja Rachel päätti mennä nukkumaan.

Matkalla huoneeseensa hän ohitti Samanthan huoneen.

Ovi oli aivan auki.

Tarjous katsoa hänen yksityisiä DVD-levyjään oli edelleen Rachelin mielessä.

Miksi ei?

Hän kutsui minut huoneeseensa katsomaan.

Rachel käveli makuuhuoneeseen ja meni suuren television luo.

DVD-levyjä ei ollut vaikea löytää.

DVD-levyjä oli yli 200 .

Kaikki DVD:t olivat kotitekoisia.

Jokaiselle DVD-levylle oli kirjoitettu nimi ja päivämäärä.

Rachel käynnisti television ja DVD-soittimen.

Hän valitsi satunnaisen DVD:n nimeltä: Joseph 03-07-2018

DVD alkoi ja Rachel nousi istumaan sängyssä.

Hän oli järkyttynyt näkemästään.

Ruudulle ilmestyi alaston mies.

Hän oli keski-ikäinen ja normaalikuntoinen.

Hänellä oli menestyvän liikemiehen kasvot.

Hänen peniksensä oli pieni ja veltto.

Hän näytti ujolta.

Hän katsoi suoraan kameraan.

Hän seisoi vierashuoneessa.

Mies ilmoitti nimensä, ikänsä ja ammattinsa kiinteistökehittäjänä.

Kohtaus tuntui hyvin oudolta ja teki Rachelin erittäin epämukavaksi.

En voinut ymmärtää, miksi Samanthalla olisi sellainen DVD.

Rachel nousi ylös ja aikoi sammuttaa DVD:n, kun hän yhtäkkiä kuuli Samanthan äänen tulevan televisiosta.

Hän alkoi antaa käskyjä alastomalle miehelle.

Rachel istuutui takaisin alas jatkaakseen katsomista.

Alaston mies ruudulla silitti itseään.

Hänen pienestä peniksensä tuli hieman isompi ja jäykempi.

Mies polvistui, kun Samanthan ääni käski häntä tekemään niin.

Samantha ilmestyi ruudulle ja Rachel melkein haukkoi henkeä.

Samantha esiintyi videolla tiukkaan nahkakorsetin pukeutuneena ja esitteli käsiään ja jalkojaan.

Samanthan jalkojen välissä oli pitkä dildo, jonka piti olla vähintään kahdeksan tuumaa pitkä.

Samantha seisoi polvistuvan miehen edessä, ja mies alkoi imeä innostuneena penistä.

Rachel ei voinut muuta kuin tuijottaa melkein shokissa.

Hän oli täysin epäuskoinen, että Samantha tekisi sellaista miehen kanssa.

Hänen vaistonsa käskivät sammuttaa DVD:n, mutta hän ei voinut.

Näyttö oli muuttunut hypnoottiseksi.

Videolla Samantha käski miehen nousemaan seisomaan ja nojautumaan sängyn yli.

Hän teki sen innostuneesti.

Samantha levitti sitten suuren määrän liukastetta seksileluun ja asettui miehen taakse.

Rachel huokaisi katsoessaan Samanthan astuvan miehen luo.

Se oli kaikki mitä Rachel kesti.

Hän nousi seisomaan ja sammutti DVD:n.

Kun hän laittoi DVD:n takaisin paikoilleen kokoelmassa, hän näki toisen videon, jonka otsikko oli Anna 23.5.2019.

Se äänitettiin vasta muutama kuukausi sitten ja päähenkilön on täytynyt olla nainen.

Rachel oli utelias, lisäsi videon ja istuutui takaisin sängylle.

Videolla oli kypsä alaston nainen.

Nainen oli yli viisikymppinen.

Ilmeisesti kotiäiti.

Myös video on otettu samassa huoneessa, mutta tällä kertaa Samantha piti kameraa kädessään ja puhui kotiäidille.

Samantha käski naisen nousemaan polvilleen ja ryömimään Samanthan pilluun.

Nainen suoritti asiantuntevasti suuseksiä Samanthan puhtaaksi ajeltulle pillulle.

Rachel oli himon vallassa nähtyään Samanthan yksityisen kotitekoisen seksinauhan.

Hän kyyristyi ja kosketti itseään katsoessaan.

Hän alkoi leikkiä pillullaan.

Lesbous ja alistuminen eivät koskaan olleet hänen fantasioitaan, mutta Samanthan kotivideoissa oli jotain kiehtovaa.

Rachel jatkoi pillunsa hieromista, kunnes video päättyi.

Sitten hän toisti toisen videon, tällä kertaa parista.

Aika kului siivillä ja Rachel oli jo katsonut muutaman videon lisää.

Hän tuli vahvasti katsomaan kotitekoista pornoa.

Siitä oli pitkä aika, kun hän oli tuntenut niin hyvän orgasmin.

Hän sulki silmänsä levätäkseen hetkeksi.

* * *

Rachel heräsi siihen, että sormi hieroi hänen ihoaan.

Hänen silmänsä laajenivat.

Oli vielä yö.

Hän katsoi ylös ja näki Samanthan seisovan hänen yllään hymy huulillaan.

"Näen, että olet nauttinut kokoelmastani", Samantha hymyili.

Rachel peitti nopeasti pillunsa.

"Voi luoja. Olen niin pahoillani. Minun on täytynyt nukahtaa."

"Ei ole mitään valitettavaa. Löysit jotain, josta pidät. Nyt olemme valmiita seuraavaan vaiheeseen."

Molemmat naiset katsoivat toisiaan silmiin.

Heidän välillään vallitsi lyhyt hiljaisuus.

Ja myös hiljainen ymmärrys siitä, että asioista oli tulossa paljon mielenkiintoisempia.

# OSA KOLMAS:
## Orjuus on meidän ilomme

# LUKU 11

Aamiainen oli melkein hankala seuraavana aamuna Rachelille.

Se oli ensimmäinen kerta hänen elämässään, kun hänet jäi kiinni masturboivasta.

Hänellä oli häpeän ja epämukavuuden tunne.

"Sinulla on varmasti paljon kysymyksiä", Samantha sanoi.

"Jotain."

"Älä ole ujo. Kuunnelkaamme sinua."

"Mitä oikein teit näillä videoilla?" Rachel kysyi.

"Eri ihmisillä on erilaisia fetissejä. Se on tosiasia ihmisen seksuaalisuudesta. Minä vain tarjoan palvelun noille fetisseille."

"Oletko sinä jonkinlainen dominatrix tai miksi sitä nykyään kutsutkaan?"

Samantha hymyili.

"Kun haluan olla. Tai jos joku tarvitsee apuani."

"Soitatko sinä sitä apua?" Rachel kysyi ja kohotti kulmakarvojaan.

"Tietenkin minä. Näitkö kuinka paljon nuo ihmiset tulivat?"

Rachel tunsi yhtäkkiä ujoa.

"Olitko sinä... hmm..."

"Mene eteenpäin. Kysy vain. En aio purra."

Rachel hengitti syvään.

" Ajattelitko tehdä jotain noista minulle tai Rogerille? Oliko se suunnitelma koko ajan? Haluaako Roger olla sidottu? Haluaako hän nähdä minun suorittavan suuseksiä naiselle?"

"Nämä ovat suuria kysymyksiä, eikö niin?"

"Aiotko antaa minulle vastauksen?"

Samantha piti pitkän, dramaattisen tauon, kun hän joi vastapuristettua mehua.

"Vastaus on tämä", Samantha vastasi. "Miehesi ei tiedä, mitä hän haluaa. Hän tietää, että hän haluaa parempaa seksielämää. Hän tietää, ettei halua harrastaa seksiä tunteettoman naisen kanssa joka viikko."

"Roger kutsui minua tunteettomaksi naiseksi?" Rachel kysyi loukkaantunein tuntein.

"Ei näillä sanoilla. Mutta tavasta, jolla hän kuvaili seksielämäänsä, saatat yhtä hyvin olla tunteeton."

"Joten mitä luulet Rogerin haluavan? Minua alistuvan kuten naiset videoissasi?"

"Ehkä. Sitä varten tämä matka oli. Valitettavasti hänellä oli kiire, enkä voi auttaa häntä. Mutta onneksi olet täällä."

"Petätkö minua?"

"Ei. Hän ei ole. Voin kertoa, ettei hän ole. Mutta hän on lähellä. Tarjoamasi seksi on sopimatonta hänen kaltaiselle miehelle."

"Se minun täytyy tehdä?" Rachel kysyi.

"Tee niin kuin käsken. Pukeudu niin kuin olen käskenyt. Ime hänen munaansa, kuten olen opettanut sinulle. Itse asiassa odotan sinun antavan hänelle pään joka aamu ennen töitä ja uudelleen, kun hän tulee kotiin. Ei tekosyitä." olla tekemättä sitä."

Rachel nyökkäsi.

"Voin tehdä sen."

"Mutta vielä on opittavaa. Suuseksi ei ratkaise kaikkea, uskokaa tai älkää."

"Ja mikä tuo on?"

Samantha katsoi häntä viekkaasti.

"Meidän täytyy ottaa selvää aamiaisen jälkeen."

# LUKU 12

Ilmassa oli havaittavissa oleva jännitys, kun Rachel seurasi Samanthaa kartanon yksityiseen huoneeseen.

Huoneessa oli sileät seinät ja yksinkertaiset huonekalut.

Siellä oli pieni sänky, vain kaksi jalkaa korkea.

Sänky oli yksinkertaisesti peitetty, ei peittoja tai tyynyjä, vain lakana.

"Älkäämme tuhlaako aikaa", Samantha sanoi. "Miehesi haluaa alistuvan naisen. Luulen syvällä sisimmässäsi, että kaipaat hallitsevaa seksihahmoa."

"Olen täysin eri mieltä", Rachel sanoi lujasti.

"Vai niin?"

"En usko, että Roger haluaa minua sellaiseksi. Ja minulla on varmasti rajani. Olen aina tuntenut, että kunnollinen suhde perustuu tasa-arvoon."

"Edes seksin aikana?"

"Joo."

Samantha nuoli huuliaan.

"Sinulla on tänään paljon opittavaa."

"Pidän mieleni avoimena ehdotuksellesi."

Samantha nyökkäsi.

"Toin sinut tänne tietystä syystä. Tämä on huone aloittelijoille. Et ole vielä valmis orjahuoneeseen."

"Kuulostaa pelottavalta."

"Uskollista hyvällä tavalla. Mutta toistaiseksi pysymme tässä huoneessa, koska se on helppo siivota sotkujen jälkeen."

"Mitä tuon pitäisi tarkoittaa?" Rachel kysyi.

"Se tarkoittaa, että aion saada sinut tulemaan. Oikea tapa. Aion näyttää sinulle, miltä todellinen orgasmi tuntuu."

"Samantha, arvostan kaikkea, mitä teet minulle, mutta en todellakaan pidä sitä tarpeellisena."

"Tietenkin", Samantha vastasi lujasti. "Et voi tulla todelliseksi alistuvaksi, ellet ole tuntenut sen nautintoja . Aloitamme hitaasti. Helpotan sinut uuteen elämäntapaan."

Rachel hämmästyi sanasta lifestyle.

Asioista oli tulossa mielenkiintoisempia.

Ja olin utelias, mihin asiat ovat menossa.

"Hyvä", hän vastasi. "En aio väittää. En valittaa. Teen mitä pyydät."

"Haluan nähdä perseesi. Haluan sinut alasti vyötäröstä alaspäin. Makaa sitten sängyllä. Pidä jalat lattialla."

Rachel oli huolissaan pyynnöstä.

Mutta hän teki sen joka tapauksessa, koska hän oli sanonut tekevänsä sen riitelemättä.

Hän riisui pois ja jätti peppunsa paljaaksi ja asetti vaatteensa varovasti sängylle.

Nyt hän seisoi kohtalaisen karvaisen pensaan kanssa Samanthaa päin.

Sitten hän makasi pienelle sängylle jalat edelleen lattialla.

"Sinun täytyy ajella myöhemmin", Samantha sanoi katsellen häpykarvojaan.

"Mieheni pitää siitä."

"Aje parranajo tänään. Älä huoli, se kasvaa takaisin."

Rachel pyöräytti silmiään.

"Ilmeinen."

"Levitä nyt jalkasi. Avoinna."

Rachel teki.

Hän levitti jalkansa ja antoi Samanthalle selkeän kuvan pillusta.

Hän tunsi olonsa epävarmaksi näyttäessään kypsää pilluaan kauniille nuorelle naiselle, mutta hän luuli, että kaikella oli tarkoitus.

"Iloinen nyt?"

"Kaunis pillu", Samantha arvosti. "Se on söpö."

"Aiotko seistä siellä ja katsoa sitä?"

"Ei tietenkään. Jos et välitä, siton jalkasi sänkyyn ennen kuin saan sinut tulemaan. Rentoudu, lupaan, että nautit siitä."

Samantha kurkotti sängyn alle jotain ja veti esiin köyden, jolla hän sitoi Rachelin nilkat vastakkaisiin sängynpylväisiin.

Kaikki tehtiin ammattitaidolla.

Oli selvää, että Samantha oli köysien ja orjuuden asiantuntija.

Kun se oli ohi, Rachelin jalat levitettiin kotkan tyyliin, sidottiin ja hänen pillunsa levisi auki.

Kova surina kaikui huoneen läpi.

"Mitä helvettiä se on?" Rachel kysyi katsoen Samanthaa.

Samantha piti ylhäällä suurta värisevää seksilelua, joka näytti ja kuulosti sähkötyökalulta.

Laitteessa oli värisevä yläosa, joka oli tarkoitettu stimuloimaan naisen klitorista.

"Tämä muuttaa elämäsi parempaan suuntaan. Rentoudu nyt."

Rachel makasi sängyllä silmät suuria.

Asia tuli hänen jalkojensa väliin.

Samantha näytti siltä, että hän oli suorittamassa lääketieteellistä toimenpidettä vahvalla tärisevällä laitteella.

Värähtelevä yläosa tuotiin lähemmäksi paljastunutta kusipää.

Tehokas vibraattori kosketti Rachelin kliikon kärkeä.

" Aaahhh !!!!" kypsä kotiäiti huusi kivusta.

Samantha vetäytyi hetkeksi pois.

"Rentoudu. Rentoudu kulta. Rentoudu vain, kun pidän sinusta huolta."

Voimakas värähtely tuotiin takaisin klittiin.

Rachel huusi taas.

Hän olisi voinut pyytää Samanthaa lopettamaan.

Hän olisi voinut nousta istumaan ja työntää Samanthaa.

Hän olisi voinut taistella.

Mutta hän ei tehnyt.

Rachel vain makasi sängyllä ja imeytyi intensiiviseen stimulaatioon.

Vaikka se oli tuskallista, oli myös pieni ilon pilkahdus.

Ilo kasvoi ja kasvoi.

Rachel oli edelleen järkyttynyt, mutta yritti rentouttaa kehoaan.

Hän hyväksyi voimakkaan tunteen.

Hänen jalkansa nykivät ja kamppailivat köyttä vastaan, mutta siitä ei ollut hyötyä.

Hänen jalkansa eivät voineet liikkua.

Hänen ruumiinsa tunne oli ristiriitainen.

Hän halusi vastustaa, mutta halusi myös antaa tunteiden virrata.

Hän jatkoi voihkimista ja heittämistä ja kääntämistä sängylle.

Samantha painoi kämmenensä kotiäidin vartaloon.

Sitten hän työnsi värisevän seksilaitteen lujasti hänen klitoristaan.

Stimulaatio oli epätodellista.

Kypsä kotiäiti huusi tuskista ja ilosta.

Hänen jalkansa taistelivat köyttä vastaan kaikin voimin.

Se oli tappiollinen taistelu.

Kun Samantha työnsi kaksi sormea kuseelleen liikkuen sisään ja ulos, Rachel tuli.

Hän juoksi ja juoksi.

Hän ruiskutti ja ruiskutti mehuaan.

Se oli märkä orgasmi, joka teki todellisen sotkun kaikkialla.

Rachelin selkä kumartui rajusti.

Hänen varpaansa käpristyivät.

Hän teki outoja kasvoja, vaikka oli hetken aikaa melkein tunnistamaton.

Sitten hänen ruumiinsa löystyi täysin.

Samantha sammutti laitteen ja hymyili työlleen.

Hän laski laitteen alas ja irrotti kotiäidin nilkat.

Hän istui sängyllä ja hieroi Rachelin hiuksia ja huomasi kuinka kauniilta hän näytti.

"Älä yritä vielä puhua", Samantha sanoi edelleen hieroen Rachelin hiuksia. "Rentoudu vain. Nauti autuudestasi. Olen varma, että klitaasi sattuu juuri nyt."

Rachel nyökkäsi.

"Joo."

"Lepää. Anna klitasi toipua. Jatkamme harjoittelua myöhemmin tänään."

Samantha kumartui suudellakseen Rachelia otsalle, sitten poskelle ja sitten huulille.

# LUKU 13

Aika kului kiireettömästi.

He lounasivat yhdessä ja keskustelivat tavallisista asioista.

Heidän välilleen syntyi ystävyys.

Seksiaihe ei ollut enää tullut esille, ja Rachelin klitolla oli tarpeeksi aikaa parantua tärinähyökkäyksestä.

Rachel otti nokoset keskellä iltapäivää, ja kun hän heräsi, hänen sängyssään oli kaunis musta mekko.

Sängyssä oli myös pari korkokenkiä.

Mekon päällä oli käsinkirjoitettu teksti.

Muistikirja sanoi:

"Ota mukava, pitkä suihku. Levitä sitten meikkiäsi kuten opetin. Ja sitten pue päälle mekko ja korkokengät ilman mitään muuta alla.

Tapaamme alakerrassa orjahuoneessa kello kuusi. Ovi avataan."

Muistikirjan on allekirjoittanut Samantha.

Hänen jalkojensa väliin kasvoi pistely.

Rachel nousi sängystä ja meni suihkuun.

Hän kuivui ja katsoi alastomia heijastuksiaan peilistä ennen kuin laittoi meikkinsä.

Hän levitti jokaista kosmeettista tuotetta täsmälleen kuten Samantha oli hänelle opettanut.

Rachel pukeutui mekkoonsa makuuhuoneen peilin edessä.

Mekko oli tyylikäs ja seksikäs.

Hän ihmetteli heijastustaan.

Hän vaikutti hyvin erilaiselta naiselta.

* * *

Hän meni alakertaan tasan kuudelta illalla ja meni sitten käytävään.

Oli helppo selvittää, missä orjahuone oli.

Se oli ainoa huone kartanossa, jossa ovi oli aina kiinni.

Nyt ovi oli auki ja näytti kutsuvan häntä.

Orjahuone näytti tylsältä muuhun taloon verrattuna.

Se oli keskikokoinen huone, jolla ei ollut mitään arvoa.

Siellä oli muutamia pöytiä ja tuoleja.

Mukana oli muitakin kiinnostavan näköisiä esineitä, kuten katosta roikkuva köysi ja oudon näköisiä laitteita, jotka vaikuttivat karkealta.

Rachel käveli huoneeseen ja antoi katseensa vaeltaa sen yli.

Odotus kasvoi.

"Oliko tämä mitä odotit?" Samanthan ääni kuului takaapäin.

Rachel kääntyi nähdäkseen Samanthan pukeutuneena punaiseen nahkakorsettiin ja mustiin saappaisiin.

Hän esitteli pehmeitä käsiään ja jalkojaan, ja hänen hiuksensa vedettiin taaksepäin.

Hän oli pukeutunut kuin todellinen domina.

Samantha sulki sitten oven.

"Odotin hieman enemmän, ollakseni rehellinen", Rachel sanoi piilottaen hermojaan.

"Useimmat ihmiset odottavat enemmän orjahuoneeltani. Mutta pidän mieluummin yksinkertaisuudesta. Pidän siitä yllätyksen elementistä."

"Mitä tarkoitat?"

"Pidän siitä, että ihmiset aliarvioivat tätä huonetta", Samantha hymyili. "Lisäksi on yhdentekevää, millaisia leluja ja laitteita käytetään. Alistuminen ja hallitseva valta alistuviin luo hyvän eroottisen BDSM-suhteen. Ei lelut."

Rachelin kädet viittasivat huonetta kohti.

"Tässä me kuitenkin olemme."

"Älä ymmärrä minua väärin", Samantha sanoi kävellen kotiäidin luo. "Rakastan lelujen käyttöä. Rakastan myös köysiä. Ne lisäävät valtaani alistuviin monin tavoin."

"Mitä aiot tehdä minulle?"

Samanthan silmät katsoivat ylös ja alas kotiäitiä kohti.

"Unohdin mainita, kuinka kauniilta näytät tuossa mekossa. Se sopii sinulle täydellisesti ja näyttää kaikki muodosi. Ja meikkisi, olen vaikuttunut. Opit nopeasti."

"Kiitos. Näytät... hmm... houkuttelevalta tuossa asussa."

"Yritän aina näyttää parhaaltani."

"Mitä sinä aiot tehdä minulle?" Rachel kysyi uudelleen, melkein epätoivoisena tietääkseen.

Samantha astui eteenpäin ja toi huulensa kotiäidin korvalle.

"Aion sitoa sinut", Samantha sanoi pehmeästi. "Sitten aion saada sinut tulemaan uudestaan ja uudestaan. Sinä kuulut miehellesi. Mutta tänä iltana sinä kuulut minulle. Pillusi kuuluu minulle. Ja orgasmisi kuuluvat myös minulle."

Rachelin silmät laajenivat.

"Voi, minä... öh..."

"Oletan, että Roger ei ole koskaan sitonut sinua."

"Ei koskaan."

"Täydellistä. Rakastan olla jonkun ensimmäinen. Pysy paikallaan."

Rachel seisoi ujossa paikallaan kalliissa mekossaan katsoessaan Samanthan kääntävän laitetta seinällä.

Katosta riippuva köysi laskeutui Rachelin sijaintiin.

"Aiotko sitoa minut siihen?" Rachel kysyi.

"Onko ongelma?"

Rachel pudisti hermostuneena päätään.

"Ei."

"Hyvä. Anna nyt minulle nukkesi."

Samantha käytti pehmeää köyttä ja sidoi asiantuntevasti Rachelin ranteita.

Solmu oli tiukka.

Rachelin kädet olivat sidotut.

Hän ei vastustanut mitään.

Kiinnitettyään köyden siihen Samantha meni takaisin seinälle ja käänsi laitteen vastakkaiseen suuntaan.

Tämä sai Rachelin kädet nousemaan hänen päänsä yli.

Ei mitään liian tuskallista, mutta tarpeeksi estämään Rachelia pääsemästä liikkumaan.

"Mukava?" Samantha kysyi puoliksi hymyillen.

Rachel melkein vapisi seisoessaan kädet sidottuna päänsä yläpuolelle. "Ranteeni sattuu."

"Se sattuu, koska taistelet. Rentoudu. Anna itsesi minulle."

Samantha avasi läheisen laatikon ja kurkotti sisään.

Hän veti esiin veitsen ja käveli hitaasti Rachelia kohti ilkeästi virnistäen ja heilutellen terävää esinettä ympärillään.

"Herranjumala!" Rachel haukkoi henkeään pelosta ja ajatteli, että jotain kauheaa oli tapahtumassa. "Ole kiltti, ei! Jumalani! Jumalani!"

"Älä ole typerä. En aio satuttaa sinua. No, ei huonolla tavalla."

Samantha toi veitsen Rachelin mekon päälle.

Sitten hän leikkasi alaspäin jakaen mekon keskeltä.

Samantha laittoi veitsen läheiselle pöydälle, avasi sitten mekon yläosan paljastaen Rachelin kaksi pyöreää rintaa.

"Nyt näytät oikealta huoralta", Samantha hymyili. "Slutty meikki, kauniit hiukset, kalliit korkokengät ja revitty mekko, joka paljastaa vanhat roikkuvat tissit. Kaikki lutkan merkit. Etkö ole samaa mieltä?"

Rachel nyökkäsi hermostuneena.

"Joo."

"Noudatan aina neljän tuuman sääntöä. Kerro minulle, kuinka iso miehesi penis on?"

"Noin viisi tuumaa", Rachel myönsi.

"Roger's on viisi tuumaa, joten lisään vielä neljä tuumaa. Mikä on yhteensä yhdeksän tuumaa."

Samantha avasi toisen laatikon hakeakseen yhdeksän tuuman dildon.

Hän katsoi sitä ihmetellen sen kokoa.

Sitten hän laittoi hihnan haaransa ympärille ja puki 10 tuuman dildon.

"Aiotko laittaa sen sisälleni?" Rachel kysyi hermostuneena.

"Aion naida sinua sen kanssa", Samantha vastasi voitelemalla seksiesinettä. "Oletko koskaan harrastanut seksiä seisten?"

"Ei."

"Toinen ensimmäinen kerta."

Samantha seisoi Rachelin edessä.

He olivat kasvotusten, vain senttien etäisyydellä toisistaan.

Samantha oli turvassa ja rauhallinen.

Rachel oli hermostumaton.

Seksuaalista jännitystä oli ilmassa.

Samantha kumartui eteenpäin ja antoi Rachelille suuren suudelman huulille.

Se oli aluksi tasaista.

Sitten intohimoisempaa.

Sitten se muuttui kovemmaksi.

Samantha puri kevyesti Rachelin alahuulta.

Sitten he jatkoivat suutelemista kielellä.

Kun he suutelivat, Samantha laski kätensä ja kohotti Rachelin mekkoa.

Sitten hän ohjasi kiinnitysnauhan kukon kärjen Rachelin huulille.

Rachel levitti jalkansa leveäksi noustessaan seisomaan.

Dildo osoitti hänen pilluaan.

"Aion tunkeutua sinuun nyt", Samantha kuiskasi Rachelin korvaan.

"Ole hellä."

"Ei", Samantha kuiskasi.

Kun kaksi naista pysyivät kietoutuneina, Samantha työnsi kovasti ja meni Rachelin kuseen aiheuttaen kuuluvan haukkomisen.

Samantha antoi toisen työnnön ja meni syvemmälle.

Seksuaalinen kohde syveni.

Yhdeksän tuumainen seksiesine oli yhdessä vaiheessa kokonaan hautautunut kuseen sisään.

Rachel voihki ja hänen jalkansa tärisi.

Samantha osoitti fyysistä voimaansa tarttumalla lujasti Rachelin molempiin reidisiin ilmassa.

Rachel oli täysin irti maasta ja hänen kätensä roikkuivat katossa olevasta köydestä.

Hänen jalkansa ja kantapäänsä heiluivat villisti Samanthan pitäessä jaloistaan kiinni.

"Älä tappele", Samantha sanoi pitäen kotiäitiä ilmassa. "Mitä enemmän taistelet, sitä enemmän se sattuu. Anna periksi."

Samantha nojautui taaksepäin ja antoi toisen kovan työntövoiman työntäen dildon syvemmälle kuseelleen.

Samanthan kädet pitivät lujasti kiinni Rachelin jaloissa.

Rachel roikkui ilmassa, kun dominatrix astui häneen.

He olivat paskaa.

He katsoivat toisiaan silmiin.

Rachel itki ja valitti.

Mutta hän ei koskaan käskenyt Samanthaa lopettamaan.

Hän ei uskaltanut, mutta ei halunnutkaan.

Se oli osa harjoittelua, ja se alkoi tuntua hyvältä, kun hänen vartalonsa sopeutui kokoon.

Hänen hiuksensa olivat sotkuiset, samoin kuin hänen jalkansa.

Hän piti Samanthan naimisesta.

Hänen ruumiinsa oli tulessa.

Rachelin ranteet kipeytyivät.

Hänen ranteidensa ympärillä oleva iho muuttui tumman punaiseksi, kun hänen ruumiinsa roikkui ilmassa.

Mutta kipu hänen ranteissaan ei ollut mitään verrattuna siihen tunteeseen, jonka hänen pillunsa tunsi.

Suuri seksilelu stimuloi hänen kusipäänsä sisällä hermoja, joita hän ei koskaan tiennyt olevan olemassa.

Työnnät jatkuivat.

Hän huusi ja huusi.

Hän itki ja itki.

Hän voihki ja valitti.

"Tule luokseni", Samantha sanoi katsoen kotiäitiä iloisesti. "Tule luokseni, sinä likainen vanha huora."

Rachel työnsi lantiotaan.

"En ole vanha!"

Orgasmi repesi hänen ruumiinsa läpi.

Rachel huusi keuhkoihinsa.

Hänen selkänsä kumartui rajusti.

Hän heitti korkokengät huoneen poikki.

Rachelin pillun nesteitä roiskui kaikkialle, jättäen siivoojalle vakavaa työtä.

Kun orgasmi laantui, Rachelin silmät kääntyivät taaksepäin ja hänen vartalonsa rentoutui.

Samantha vapautti syleilynsä ja Rachel roikkui lähes veltossa ranteiden ympärillä olevasta köydestä.

Samantha laski köyden ja Rachelin puolitajuinen ruumis makasi lattialla omien kuumien mehujen allasessa.

Kun Rachel pystyi avaamaan silmänsä, hän näki Samanthan poistavan korsettinsa jättäen hänet täysin alasti.

Rachel ei voinut olla kadehtimatta Samanthan täydellistä alastomaa vartaloa.

Samantha istui lattialla ja leikki Rachelin hiuksilla.

"Roger on onnekas, että hänellä on orgasminen lutka kuten sinä", Samantha hymyili täysin alasti.

"En ole koskaan ennen tullut näin. Ei koskaan."

"Olen iloinen, että olin palveluksessanne. Mutta muista, että minä olen domino, sinä olet sub. Tämä on minun ilokseni, ei sinun. Ja toistaiseksi en ole vielä tullut."

Rachel kohotti kulmakarvojaan.

"Mitä sinulla on mielessäsi?"

"Oletko koskaan syönyt pillua?"

"Ei."

"Mikä neitsyt olet kaikessa. Ryömi minua kohti. Laita kasvosi jalkojeni väliin."

Rachel teki sen, mitä hänen käskettiin tehdä.

Hän ryömi, kunnes hänen kasvonsa olivat sentin päässä tämän pillusta.

"Suutele huuliani", Samantha käski viitaten omaan emättimeensä. "Rakastan, että minua suudella."

Rachel totteli ja suuteli Samanthan puhtaaksi ajeltua kusipäätä.

"Nuule sitä kuin tikkari. Työnnä sitten kielesi niin kuin et olisi syönyt moneen päivään."

Rachel seurasi käskyjä nuoleen pilluaan ja maistelemalla ulkoisia nesteitä.

Hänen kielensä tunsi huulten jokaisen kohdan.

Sitten hän työnsi kielensä sisään nuoleen ja imeen.

Se oli ensimmäinen kerta, kun hän söi pillua, ja hän tajusi, että se maistui hyvältä.

"Se on hyvä", Samantha huokaisi. "Jatka samaan malliin. Jatka nuolemista kuin hyvä kissa."

Aiemmin nöyrä, näppärä ja kunnollinen kotiäiti oli nopeasti tullut taitava vaginasyöjä.

Hän nuoli ja imesi innostuneesti.

Hänen kielensä silitti ylös ja alas.

Hetkeä myöhemmin Samantha huusi kovaäänisesti.

Hänen jalkansa vapisi, sitten hän rentoutui.

Samanthan silmät loistivat.

"Luoja. Kuka tiesi, että pystyt tekemään sen niin luonnollisesti?"

Rachel hymyili ja nojasi päänsä Samanthan reidelle.

"Sinä tiedät hyvin".

"Niin siis luulet?" Samantha kysyi retorisesti.

Rachel suuteli dominatrixin reisiä.
"Joo."
Naiset jatkoivat molemminpuolisen lohdutuksen hetkiä.
Rachel sulki silmänsä ja nojasi päänsä taas dominatrixin reiteen.
Samantha katsoi kaunista kotiäitiä ja silitti hänen hiuksiaan.

# LUKU 14

Päivien jälkeen.

Kerättyään matkatavaransa Rachel työnsi vaunua, jonka sisällä oli kaksi matkalaukkua: toisessa oli tavalliset vaatteet ja toisessa Samanthan hänelle antamat vaatteet.

Hän näki miehensä odottamassa ulkona.

Leveät hymyt palasivat.

Roger oli iloinen nähdessään vaimonsa niin hyvin ruskettuna ja rentoutuneena.

Hän juoksi Rachelin luo.

Hän pysäytti kärryn ja antoi hänelle suuren, tukehtuvan halauksen.

Se oli erityinen hetki.

Hän halusi tämän päivän olevan uusi alku heidän avioliitolleen.

"Ikävöin sinua niin paljon", Roger sanoi.

Rachel laittoi huulensa hänen korvaansa vasten ja kuiskasi: "Aiot viedä minut kotiin ja sitoa minut huoneen sänkyyn. Sitten työnnät kukkosi kurkkuuni. Ja sitten naidat minä. Ymmärsitkö?"

Hän astui hieman taaksepäin nähdäkseen vaimonsa kunnolla, hämmästyneenä tämän rumasta kielestä.

Rachelin silmissä oli erityinen kipinä.

nälkä

Himo.

Roger tajusi, että hänen vaimonsa oli eri nainen.

Roger nyökkäsi hyväksyen kutsun.

Rachel hymyili ja antoi hänelle suukon.

# LOPPU

# Don't miss out!

Visit the website below and you can sign up to receive emails whenever Erika Sanders publishes a new book. There's no charge and no obligation.

https://books2read.com/r/B-A-IGGS-LFONC

BOOKS 2 READ

Connecting independent readers to independent writers.